낮술

낮술

1판 1쇄 발행 2024년 11월 8일

지은이 이명지
그 림 신철
발행인 이선우
펴낸곳 도서출판 선우미디어
   등록 ㅣ 1997. 8. 7 제305-2014-000020
   02643 서울시 동대문구 장한로 12길 40, 101동 203호
   ☎ 2272-3351, 3352 팩스: 2272-5540
   sunwoome@hanmail.net
   Printed in Korea ⓒ 2024. 이명지

20,000원

ISBN 978-89-5658-775-2 03810

낮술

이명지 쓰고
신철 그리다

선우미디어 sunwoomedia

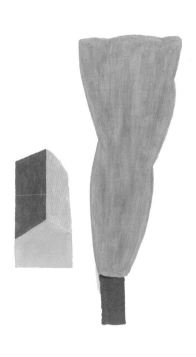

내 인생에 말을 거는 초대장

초대장을 쓴다. 내 마당에 찾아올 꽃들에게 연초록으로 오시라, 참꽃 빛으로 오시라. 보랏빛 스카프를 나풀대며 오시라고 쓴다. 새들에게도 쓴다. 네가 노래를 부르면 나는 춤을 추겠다고 쓴다. 바람에도 햇살에게도 쓰고, 비에게 눈에게도 구애의 초대장을 쓴다. 뻐기지 않고 찾아주는 이들은 내 낮술 친구들이다.

더러 노자나 장자, 괴테가 와 앉기도 하지만 무엇보다 반가운 건 추억이다. 지난날의 그리움이 소환되기라도 하면 그토록 아팠던 기억마저도 어느새 친구가 되어 마주 앉는다.

오늘은 누구를 초대할까? 날마다 설레며 쓰는 초대장. 헤이, 하고 내 인생에 말을 거는 초대장. 매일 백지 같은 하루가 초대되면 나는 거기 무슨 그림을 그려 넣을까 가슴이 뛴다.

어떤 연애가 이보다 설렐까.

양평 수풍재에서 이경지

5

차례

성당 가는 길
2

"얘는 그럴 애가 아니야!
성당에 다니는 애는 나쁜 짓을 안 하거든!"

그때 내게 족쇄 하나가 철커덕 채워졌다.
성당에 다니는 애,
그래서는 안 되는 애가 되는 순간이었다.

성당이 두려워진 건 그때부터지 싶다.

엄마는

우리 마을에서 유일한 신자였다.

늘 일손이 부족한 농촌인데도

일요일이면 깨끗한 한복을 차려입고 성당엘 갔다.

그것은 파격이었다.

12

마을 사람들은 그런 엄마를 두고
겉멋이 들었다느니,
바람이 났다느니 말이 많았다.
심지어 그걸 허용하는 아버지를
대놓고 비난하기도 했다.

엄마는
사람들의 입방아가 신경 쓰였는지
막내인 나를 데리고 성당에 다녔다.

내 눈에도 엄마는 참 고왔다.

평소에는 때 묻은 무명옷에

머리에 흰 수건을 쓰고 농사일을 하던 엄마가

성당에 가는 날이면

단벌 외출복인 화사한 참꽃 빛 한복을 입었다.

동백기름을 발라 차르르 윤기 나게 쪽 찐 머리는

담벼락에 붙은 영화 포스터의 배우보다 예뻤다.

짚수세미로

깨끗이 닦아 신은 하얀 고무신은

시골 황톳길에 금방 때가 탔지만

엄마의 눈부신 자태를 가리진 못했다.

주일 아침이면

엄마는 잠도 덜 깬 내게

그중 깨끗한 옷을 골라 입히고 머리를 빗겼다.

엉킨 곱슬머리가 자꾸 엄마의 빗 손길에 기울어지면

가만 좀 있으라며 콩, 머리를 쥐어박았다.

그것도 내가 성당에 가기 싫은 이유 중 하나였다.

곱게 성장을 한 엄마가

내 손을 잡고 길을 나서면

일찍부터 논밭에서 일하던 마을 사람들이

허리를 펴고 쳐다보았다.

어떤 이는

"성당에 가는군요!" 하며 아는 체를 하고,

어떤 이는 입을 삐죽거렸다.

하지만 엄마는 당당했다.

하느님 아버지를 만나러 가는 그 길은

엄마가 유일하게 자신의 세계로 돌아가는 시간인 듯했다.

아버지는 같이 성당에 가진 않았지만

엄마의 신앙을 묵인하는 것으로 지원했다.

사실 곱게 차려입은 엄마를 보는 게

싫지 않았던 것 같기도 했다.

위로 두 오빠는

일 년에 딱 한 번 크리스마스 때에만 성당엘 갔다.

주일만 되면 엄마가 성당에 가자고 할까 봐

일찌감치 내빼던 오빠들이 그날은 군소리 없이 따라나섰다.

성당에서 빵과 선물을 주는

아기 예수님의 탄신일이기 때문이다.

성가를 모르는 오빠들은 남들이 성가를 부를 때 자신들은
'동해물과 백두산이…'를 불렀다면서 엄마 몰래 키득댔고,
나는 잽싸게 엄마에게 일러바쳤다.

하지만 엄마는 빙그레 웃을 뿐
오빠들을 야단치지 않았다.
그때도 오빠들이 그랬다.
성당에 다니는 애가 그러면 못 쓴다고….

나도 정말 성당에 가는 게 싫었다.

숨 막히게 엄숙한 미사 시간을 견디는 것도 그렇고,

엄마가 차비를 아끼려고

초등학교 2학년이나 되는 나를

아직 학교도 안 들어갔다고

차장 언니와 실랑이를 벌이는 것도 창피했다.

성당에 다니는 엄마가 저래도 되나?

혼란스럽기도 했다.

그래도 집에 올 때

엄마가 정류장에서 사주는 따끈한 찐빵 맛은

매번 주일 아침잠을 깨우는 미끼가 되곤 했다.

28

노년기를 보내고 있던 엄마에게

성당에 다니게 된 연유를 물어본 적이 있다.

갱년기를 앓고 있던 당시 엄마는 인생에 대한 회의가 컸다고 했다.

삶이 무의미하고 공허하던 어느 날

읍내장에 갔다가 길가에 뿌려진 전단지 한 장을 주웠다고 했다.

거기에 '하느님 나라에는 구원과 평화가 있다.'라고

적혀 있는 걸 보고 그길로 성당에 찾아갔다고 했다.

그때부터 엄마는 우리 마을에서 깨어있는

신여성의 이미지가 되었다.

30

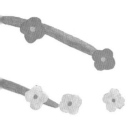

우리 마을에는 아들을 바라며 딸만 일곱을 내리 낳은

종말이네가 있었다.

어느 날 종말이 엄마가 찾아와 아주 조심스럽게

성당에 가서 기도하면 아들을 낳을 수 있느냐? 고 물었다.

엄마가 뭐라고 대답했는지 나는 모르지만

종말이 엄마는 그다음 주일부터 엄마를 따라 성당에 다녔다.

성당에 나가고도 여덟 번째 또 딸을 낳자

종말이 엄마는 더는 성당에 나가지 않았다.

나와 동갑내기인 종말이는 또래보다 좀 늦되던 아이여서

고무줄놀이나 공치기도 잘하지 못해

아이들이 잘 끼워주지 않았다.

그날도 우리는

하굣길에 가위바위보로 책가방 들어주기를 했는데

종말이가 지는 바람에 네 개의 가방을 나 들게 됐다.

사실 우리는 종말이가 꼴찌를 할 것이란 걸 잘 알고 있었다.

언제나 한 박자 늦는 종말이는

이런 놀이에서 늘 술래가 되었다.

다른 놀이에는 끼워주지 않던 아이들도 가방 들기 놀이에는

꼭 종말이를 끼워주었다.

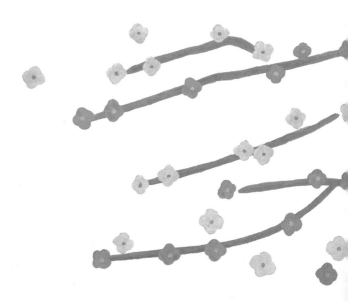

우리는 종말이에게 가방을 모두 떠맡겨 놓고

가뿐한 몸으로 강가로 먼저 뛰어가

물장난을 치며 놀았다.

그날따라 뙤약볕에

무더위가 기승을 부리는 날이었다.

종말이는 한참 후에야 강가에 다다랐다.

 얼굴이 백지장처럼 하얘진 종말이는

우리 앞에 가방을 던지다시피 내려놓고는

땅바닥에 털썩 주저앉았다.

우리는 그런 종말이에게
물을 끼얹으며 장난을 쳤다.
하지만 기진맥진한 종말이는
그 물을 고스란히 다 뒤집어쓰고도
꼼짝없이 앉아 있었다.

다음날 종말이는 학교에 오지 못했다.
그날 더위를 먹은 종말이가 심하게 앓았다는 걸
우리는 나중에야 알았다.

마을에서 사납기로 소문난

종말이 엄마가

종말이를 앞장세우고

그날 가방을 들게 한

아이들 집을

일일이 찾아다니며

야단을 쳤다.

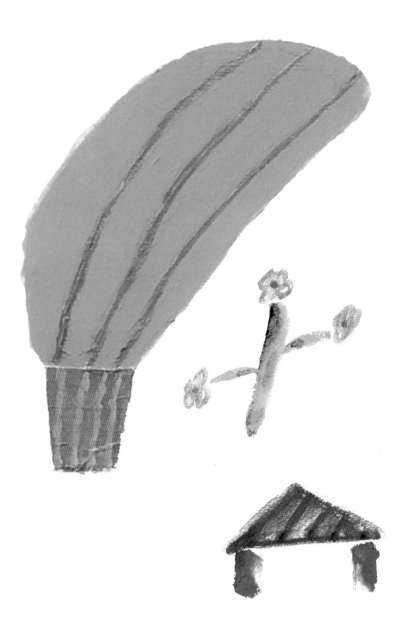

마지막으로

우리 집에 당도한 종말이 엄마는

잔뜩 겁먹은 내 앞에서 오히려 종말이를 나무라며

"얘는 그럴 애가 아니다.

얘는 성당에 다니는 애라

친구를 괴롭히는 그런 나쁜 짓은 안 한다." 하고는

그냥 휙 돌아서 갔다.

어리둥절한 건 나뿐이 아니었다.

엄마 손에 이끌려 가며 뒤돌아보던
종말이의 눈빛에 그렁그렁하던
억울함을 나는 지금도 잊을 수가 없다.

나는 그런 애가 아니다.
아니어야 했다.

그날 종말이 엄마가 채워준 족쇄는

오빠들이 채운 족쇄와는 그 무게가 달랐다.

나는 그때부터 평생

착한 아이 콤플렉스에 시달려야 했다.

그것은 지킬 수 없는 금단의 열매여서

언제나 나를 미혹에 시달리게 했고

정체성의 혼란을 느끼게 했다.

그런데 우연히 이걸 극복하는 계기가 생겼다.

취미로 화실에서 그림을 그렸는데

어느 날 자화상을 그리다 문득 깨달아지는 것이 있었다.

페르소나, 그림자, 가면, 인간의 두 얼굴….

인간이 가진 얼굴이 어찌 두 개뿐일까?

들여다 보니 내 안에는

셀 수 없이 여러 얼굴이 있었다.

맞다. 나는 그럴 애이기도 하고,

그렇지 않을 애이기도 했다.

그래 그 모두가 나였다.

무엇이 문젠가! 그게 인간인데,

나라는 인간인데,

그래서 그 부족함 때문에 오늘도 돌아보고

뉘우치고 속죄하며 살고 있지 않은가!

나는 자화상에다 당당하게

두 얼굴을 그렸다.

그럴 애와 그렇지 않을 두 얼굴을

반반씩 그려 넣었다.

그리고 '페르소나'라는 제목을

이렇게 바꿔 달았다.

'그래서 뭐!'

성당에 가는 길은 여전히 어렵다. 자신과의 싸움이다.

평생을 냉담과 회심을 반복하며 흔들리고 또 흔들린다.

하지만 엄마가 가르쳐준 성당 가는 길을

완전히 잃은 적은 없었던 것 같다.

지금 나의 기도는 단 하나,

그분께 가는 길이 더는

흔들리지 않게 해달라는 것뿐….

낮술

낮술을 좋아한다.

　　술시가 지난 어둠과 퀴퀴한 뒷골목의 왁자한 소음에 숨어

제 안의 서러움을 감추고 사람들과 부딪는 술잔도 괜찮지만,

타인의 힘을 빌려야 하는 비겁함 말고,

당당하게 자신과 대거리할 수 있는 낮술의 발칙함이 나는 좋다.

문학적 은유가 배경으로 깔리길 원하는 내 낮술은

대체로 서재 다탁에서 벌이는 혼술이다.

내 안에 장전된 채 발화되지 못하고 박제된

언어들을 쏘아 올리기 위해 웅얼거리는 시간,

그게 문학의 언어이든 관계의 언어든

술판에 앉혀놓고 말을 걸어본다.

그때 언어는 다른 이의 입을 빌어 내게 오기도 하고,

남의 책 속에서 발화되기도 한다.

입안에 고여 말이 되지 않고 떠다니던 것들이

어쩌면 그리 매혹적인 결정체가 되어

남의 문장 속에 딱 박혀 있을까?

그 낭패감은 질투심에 몸을 떨게 하고,

나의 작가적 자질에 좌절감을 느끼게 한다.

하지만 물러서지 않게 하는 건 술의 힘이다.

거기서 무엇을 훔쳐 올지 눈을 부릅뜨게 하는 오기도

술이 일으킨다.

술만큼 유용한 친구가 있을까?

관계에 지쳐 사람마저 무용하다고 느껴질 때,

한없이 무기력한 절망과 마주했을 때,

말없이 어깨를 내어주며,

아무것도 요구하지 않고

등을 토닥여 주는 친구가 술이다.

내 낮술의 근원은 아버지다.

농부였던 아버지와 논두렁에 앉아

새참으로 마시던 낮술.

새참 심부름 간 내게 목마르지? 하며

주전자 뚜껑에 조금 따라 주시던 막걸리 맛,

그 달고 알싸하던 맛이 낮술 맛이다.

세상 선비 같던 아버지가 짐승처럼 포효하던 모습을

나는 낮술 판에서 보았다.

열여덟, 복숭앗빛 얼굴을 한 큰언니가

이웃 동네 최고 부잣집 맏며느리로

시집간 지 몇 해 지난 어느 날이었다.

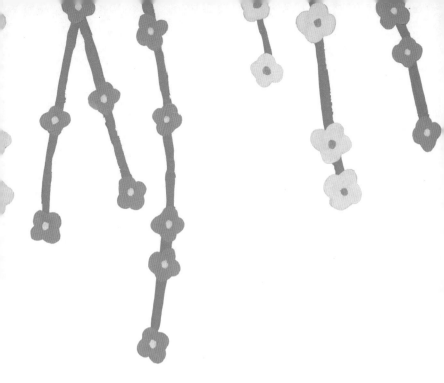

큰오빠 친구이기도 한 형부는 시골 처녀 같지 않게

피부가 뽀얗고 청순한 언니를 많이 따라다녔다고 한다.

그런 아들을 위해 형부 부친이 평소 알고 지내던

아버지를 찾아와 사돈 맺기를 청하자 아버지의 고민은 깊었다.

그런데 아직 어리다고만 생각했던 언니가

두 살 위인 오빠를 제치고 시집을 가겠다고 나선 것이다.

우리 집 마당에서 열린

결혼식은 성대했다.

그때 막내인 내 나이는 일곱 살,

내 생애 첫 사진이

언니의 결혼식 사진 속에 있다.

사십이 갓 넘었을 엄마의 모습,

사십 대의 아버지,

육 남매의 어린 모습,

일가친지들의 당시 모습이

결혼식 사진 속에 박제되었다.

형부는 경상도 반가의 풍습으로

일곱 살 처제에게 '예'를 바쳐 존댓말을 했고,

우쭐해진 나는 처제가 되는 것이

벼슬을 얻는 일인 줄만 알았다.

백년손님 맏사위는

첫날밤 사촌 오빠들의 신랑 다루기 풍습으로

거꾸로 매달려 발바닥을 맞는 신고식을 했다.

한동안 우리 집에는 활기와 봄바람이 불었다.

결혼하고 군대에 간 형부가 덜컥 바람이 났다.

바람만 난 게 아니라 딴 여인이 생겼다며

아예 이혼을 요구하고 나선 것이다.

신랑이 군대에 간 사이 시부모 봉양하며

아이를 키우고 있던 언니에게 청천벽력이 떨어진 것이다.

그 청천벽력은 우리 집에도 고스란히 떨어졌다.

1970년대 초 경북 지방에서 이혼이란

입에 담기조차 불경스러운 금기어였다.

이혼은 집안을 망치고, 부모를 망신시키는 불효였고,

당사자뿐 아니라 가문의 주홍글씨였다.

엄마는 몸져누웠고, 아버지는 술로 세월을 보냈다.

그때 나는 보았다.

아버지의 눈빛에 어린 슬픔과 생생한 분노를….

아버지는 논둑에 앉아 살의에 찬 언어들을

짐승처럼 혼자 쏘아 올렸다.

누구라도 맞으면 살아남지 못할 것 같은

말의 화살들을 술의 힘을 빌려 꺾고 부러트리고 있었다.

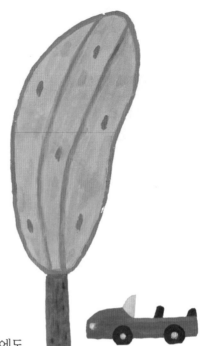

내 어린 시건에도

아버지가 실제로 저 말들을

형부에게 쏘면 어떡하나 걱정이 들었다.

아버지가 혼술로 삭이고 이겨낸 덕분에

형부는 다시 우리 집에 발을 디딜 수 있었다.

아버지가 논둑에 앉아 그렇게라도 쏘아내지 않았더라

다시는 형부를 반가주시 못했을 지니니

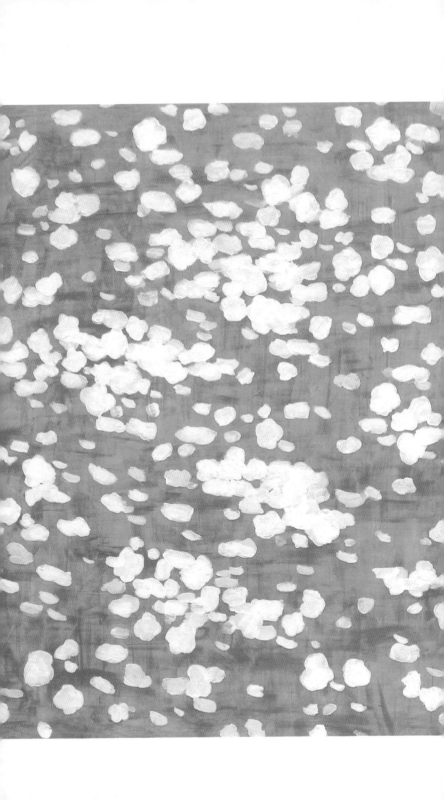

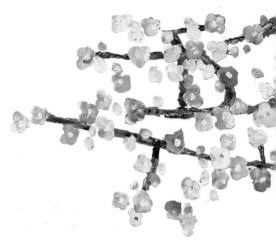

한때

끓은 젊은 피의 일탈을 접고 돌아왔을 때

형부는

훌쩍 성장해 있었고,

그 허물로 인해

평생을 언니와 처가의 헌신자로 살았다.

우리는 모두

그런 형부를 용서했고

다시

좋아했다.

아버지가 다스린 술의 유용함을 나는 믿는다.

아버지는 집으로 친구들을 불러 술판 벌이기를 좋아했다.

때로 술을 입에도 못 대는 엄마 대신 내가

술상 맡에서 안주를 축내다 보니

아버지가 술을 대하는 태도를 익히게 된 것 같다.

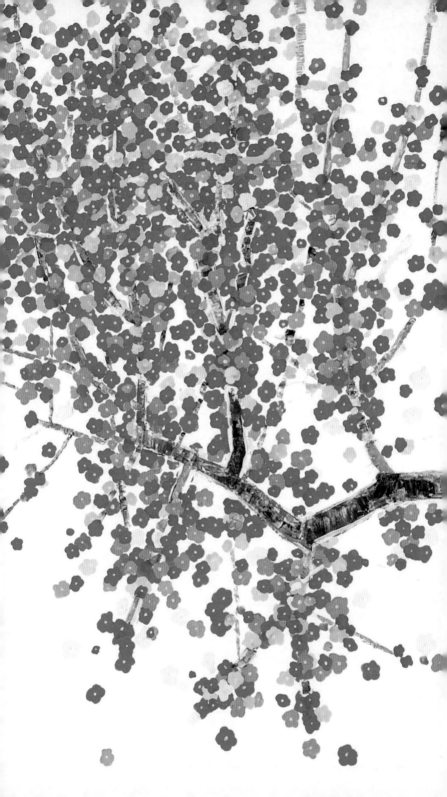

친구가 그리운 날은 칵테일을 만든다.

낮술의 친구는 전원의 창밖 풍경이다.

혼술일수록 근사해야 한다는 게 내 철학이다.

맑고 투명한 크리스털 잔에다

'괜찮다'를 넣고, '애썼다'도 붓고,

고독 한 방울도 추가해 '괴테 주'를 만든다.

인간은 지향하는 한 방황한다고 말한

괴테와 건배를 한다.

나의 방황은 노력의 산물이라는

그의 위로를 받고 싶어서다.

때로 금지된 욕망도 한 방울 섞고,

입 안에 고여있던 불온한 말들도 마구 넣어

휘휘 젓고는

'파우스트 주'라 이름 붙인다.

내가 당신에게서 훔쳐 온 건 이게 다야! 하고

시치미를 떼지만 쉿! 나의 욕망은

아직 숨겨둔 게 더 많다는 사실을

당신은 모르겠지 ?

외로운 신부

새벽 마당 야생화 꽃밭에 물을 주고 있는데

선물을 보냈다며 친하게 지내는 문우가 문자를 했다.

레드 드레스 잠옷, 화이트까지 무려 두 벌씩이나.

거기 붙인 사족이 더 기가 막힌다.

"멋진 그대와 함께 하는 밤에 입을 것!"

멋진 그대부터 보내줄 일이지.

순서가 바뀌었다고 나는 툴툴댔다.

그건 좀 기다리든지 알아서 하란다. 나 참!

외출에서 돌아오면

마당 벤치에 핸드백을 던져두고 화단부터 살핀다.

그제 심은 야생화는 뿌리를 내렸는지,

벌레에게 시달리지는 않는지 목마르지는 않은지….

아침에 눈 뜨면

잠옷 차림으로 마당에 나가 인사를 한다.

"얘들아 안녕!"

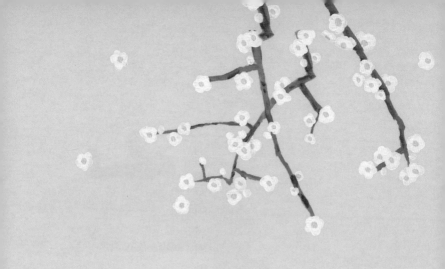

밤새 꽃송이를 벙근 녀석에겐

수고했다, 참 예쁘다! 말해주고,

내 발걸음 소리에 놀라

달아나는 청개구리 녀석에겐 눈을 흘긴다.

매일 보면서

아직도 낯가림 하는 짝사랑 녀석이 야속하다.

전원살이 한지만 3년

도회적인 내 생활만 보아온 아들아이는 3개월도 못 살 거라 했고,

딸아이는 길어야 1년일 거라 장담했다.

그런 내가 3년째, 점점 더 전원생활의 매력에 빠져들고 있으니

이제야 제자리를 찾았다는 느낌마저 든다.

내 정원엔 욕망이 번뜩인다.

'풀꽃처럼 겸손하게'라는 말은

풀꽃을 모르고 하는 말이다.

민들레

개망초

제비꽃

냉이꽃

….

이름도 예쁜 이 아이들은

세력을 다투는 악다구니 같다.

101

처음 이사와 잔디 사이에 피는 이 꽃들이

참 예뻤다.

꽃을 피운 건 잡초도 뽑지 않는다는

신념으로 두고 보았다.

저 꽃을 피우기 위해

엄동설한을 이긴

여린 것들이 대견했다.

아뿔싸!

꽃들은 잔디마당에 씨를 퍼트리고,

급기야

손댈 수 없는 지경이 되었다.

근처로 이사 온 친구는

아침마다 자기 마당에서 삿대질을 한단다.

"너희들, 이렇게 협조 안 하면 가만 안 둘 거야!".

어떻게 협조하라는 건지 아리송하다.

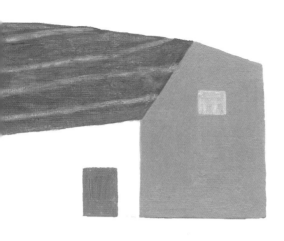

이웃집에서 실소한

나의 우아한 신념은 얼마 가지 못했다.

하지만 어떻게 이들의 욕망을 탓하랴!

생존 번식의 사투를 벌이고 있는 저 생명력을.

단지 잔디가 아니라는 이유로,

제자리가 아니라는 이유로 솎아내고

잔디로만 푸르른 마당을 꿈꾸는

인간의 욕망이 더 잔인하지 않나.

이 아이들을 품어주고 싶어

야생화 화단을 따로 만들었다.

잔디에서 서로 다투지 말고

저희끼리 아름답고 조화롭게

맘껏 자태를 뽐낼 수 있게 영역을 만들어주었다.

마음을 주니 사랑도 커져

아침마다 문안 인사를 하게 된다.

오늘은 몇 송이가 더 피었을까? 새벽부터 나가 살펴본다.

혼자 살지만 나는 혼자가 아니다.

마당에서 나를 기다리며

밤을 새워 물을 빨아 꽃대를 세우고,

튼실하게 꽃을 피워 나의 탄성을 자아내는

그니들,

꽃 속에서 밤새 시시덕거리다

내가 나타나면 시치미 뚝 떼고 폴짝 달아나는

청개구리 녀석도 마당 친구다.

20년 된 낡은 집, 세월에 묵어 늙은 매춘부처럼

배배 몸을 꼬고 서 있는 소나무는 농염하고,

9등신 미모에 머리숱이 풍성한 단풍나무 자태는 우아하다.

농사는 농부의 발걸음 소리를 듣고 자란다 했던가.

우리 집 마당 식구들은

아침마다 쏟아내는 나의 찬사로 자라지싶다.

아니, 어쩌면 그들의 응원으로

내가 자라고 있는지 모르겠다.

나의 돌고래 찬사를 듣기 위해

그들은 밤새워 뿌리로 물을 길었을 것이다.

함박웃음을 지을 나를 위해 색을 올리고 모양을 가다듬으며

전투를 치렀을 것이다.

"만나는 사람마다 네가 모르는 전투를 치르고 있다.

친절하라! 그 어느 때라도."

숲속의 현자 비욘 나티코 린데브라드가 들려준 의미를

나는 우리 집 마당 식구들에게서 배운다.

나무와 꽃들은 항상 친절하다.

겨울을 이기고 봄으로 와 꽃을 피우고

무성하게 여름을 보내고 단풍으로 다시 한번 꽃을 피운다.

어떤 보상도 바라는 것 없이 그들은 노래하고 춤춘다.

이보다 친절한 인간을 본 적이 있는가?

이보다 완벽하게 한결같이 아름다운

사람을 본 적이 있는가?

파자마 잠옷만 수두룩한 내 옷장을 나는 언제 그녀에게 들켰을까?

그나저나 저 잠옷을 입으려면 '멋진 그대'가 있어야 하는데

아직은 참 외로운 선물이다.

책임지셔야지?

당신의 첫사랑

올여름 더위에

줄곧 잡풀이 무성한 우리 집 마당입니다.

아들 녀석에게 주말에 잔디 좀 깎으러 오라 하니

"어머니 남친들 부르시라!" 합니다.

남친도 아니고 남친들이라….

"첫사랑을 당신은 잊었나요.

마음만 설레이던 지난날 그 사랑을…"

마침 틀어놓은 라디오에서

'당신의 첫사랑'이란 노래가 흘러나옵니다.

"쓸쓸한 길에서 약속도 없이 우연히 마주 서면

무슨 말을 하나요 세월이 흐른 뒤에…"

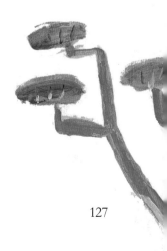

아,

약속도 없이 첫사랑을 만나버린 것같이

훅 밀려드는 이 감정은 뭘까요?

 첫사랑,

내게 첫사랑은 누구였나 떠올려 봅니다.

그러네요. 내게도 첫사랑이 있었네요.

오래전 우연히 그분의 소식을 듣기도 했었네요.

찾아보면 알만한 분이 되었다는 것도 알지만,

슬쩍 사람 속에 섞여 바라볼 수도 있는 분이지만

다가가지 않기로 했습니다.

고백하지 못한 첫사랑은

끝까지 고백하지 않는 게 좋을 것 같거든요.

사실 깨질까 두렵기도 해요.

환상이요.

이게 깨지고 나면 가슴이 기댈 곳이 없어지잖아요.

숨겨둔 아련한 추억 하나 없이 어떻게 살아요?

나는 못 살아요.

세상 쓸모없는 게 환상 같지만,

각박한 세상에 포근한 담요가 되어주기도 하거든요.

세상 쓸모없음의 쓸모 아니겠어요.

어머니 남친들 부르시라던

아들 녀석이 결국 왔습니다.

딸과 사위도 왔습니다.

꽃 같은 손녀도 왔습니다.

온 식구들이 나서

여름 더위가 묵힌 잔디도 깎고 화단의 잡초도 뽑고 나니

금세 마당 인물이 훤해졌습니다.

아이들이 바비큐 화덕에 숯을 피우고 고기를 굽네요.

빨강 원피스를 입은 일곱 살 재이가

초록 마당에서 팔을 벌리고 비행기 모양으로 뛰어다닙니다.

마치 빨강 꽃 잠자리 한 마리가

날아다니는 것 같습니다.

133

이
제
야
깨
닫
습
니
다.

내 진짜 첫사랑은 이 아이들이었군요.

사랑이 깊은 만큼 애틋하고,

충만하다가도 어느 때엔 결핍이 느껴져

더러 서운하다 징징대겠지만,

내 끝사랑도 이 아이들이리라 믿어

의심치 않습니다.

전원생활을 시작하면서

제일 먼저 마당에 감나무를 심었습니다.

저는 늘 감이 주렁주렁 열린 집을 꿈꿨습니다.

제 마음의 이상향이랄까요.

감꽃이 피면 감꽃 목걸이를 만들고,

풋감이 떨어지면

물에 담가 떫은맛을 우려내고 먹어야지.

감이 익으면

한 개도 따지 않고

푸른 가을 하늘을 배경으로

마음껏 올려다보리라

야무진 계획도 세웠습니다.

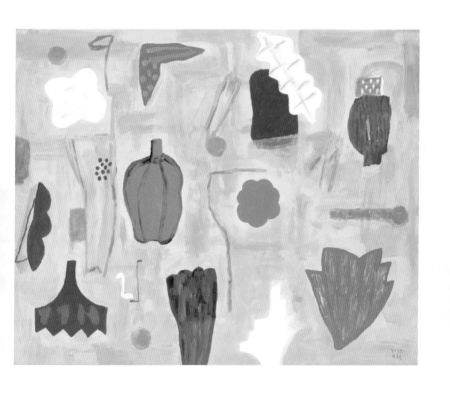

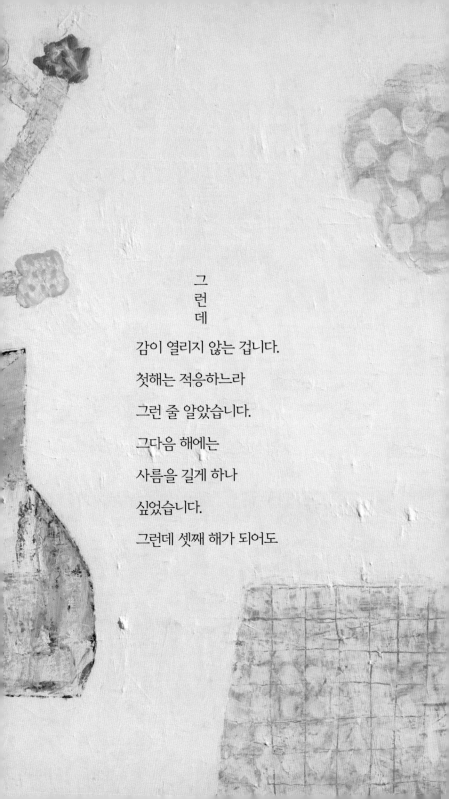

그
런
데

감이 열리지 않는 겁니다.

첫해는 적응하느라

그런 줄 알았습니다.

그다음 해에는

사름을 길게 하나

싶었습니다.

그런데 셋째 해가 되어도

한 알도 열매를 맺지 않는 겁니다.

급기야

"내년에도 안 열리면 베어버리고 말 테다!"

악담을 하고 말았습니다.

전원생활 첫사랑으로 심은

감나무가 열매를 맺지 않은 것에

배신감을 느꼈지 뭐예요.

근데,

사 년 만인 올해 드디어 감꽃이 폈습니다.

세상에나! 제법 감나무의 자태도 잡아갑니다.

144

삼 년이 넘도록 꽃 한 톨도 안 피우는

감나무가 야속해 으름장을 놓은 내 말을 들은 걸까요?

올해는 제법 많은 감꽃이 달렸어요.

미안한 마음에

뿌리 흙을 돋워주고,

부디 열매로 자라거라 기도하며 쓰다듬어 주었지요.

감이 모양을 갖춰가면서 알게 된 사실은

이 감이 동이감이라는 거에요.

어떤 감이라도 상관없었지만

길쭉하게 모양을 잡아가는

녀석의 인물에서 품위까지 느껴지더라구요.

하하

첫사랑에

너무 빠져버렸나 봅니다.

서울집에도 감나무가 있었답니다.

손바닥만 한 정원이라 이웃과 경계를 맞대고 있어

가지가 담을 넘고 있었지요.

단감이라 맛도 좋았어요.

도심에서 발갛게 익은 감이 달린 풍경이 좋아 늘 따지 않고

그대로 두었지요.

그런데 어느 날 보면 그 많던 감이 까치밥 몇 알만 두고

싹 사라지는 거예요.

까치밥도 아량으로 둔 게 아니라

손이 안 닿아 못 딴 곳에 달랑 몇 개….

어느 해는 부디 감을 따가지 마시라,

두고 보며 함께 눈으로 즐기자!고

써 매달아 놓았지만 소용없었어요.

나는 그게 지갑을 도둑맞은 것보다 더 속이 상했어요.

감도둑을 잡아 멱살을 잡고 호통치고 싶었어요.

이 낭만도 모르는 인간아!

감꽃 목걸이를 따먹으며 학교 가던 길,

풋감을 주우려 새벽같이 일어나던 어린 시절.

사나흘 물에 우리면 아삭한 단감이 되어

먹거리 귀하던 어린 날을 달곰하게 해주었던

감나무의 추억….

사 년 만에 열린 감들이 얼마나 반가웠겠어요. 그런데 어느 날 보니 감이 모두 떨어지고 하나도 남아있지 않은 겁니다.

풋감도 줍지 못했습니다. 바쁘게 대처로 휘돌다 와 쳐다보니 아무것도 없습니다. 땅속에도 감도둑이 있는 걸까요?

'약속도 없이' 어느 날 만나버린 이별입니다.
너무 허무합니다.

저는 이때까지도 몰랐습니다. 양평은 기온이 낮아 감이 잘 안 된다는 사실을요. 어떡하면 좋을까요? 감나무는 제게 이루지 못한 첫사랑일까요. 그냥 두고 바라다 만 보아도 좋은데, 정말 첫사랑은 이룰 수 없는 꿈일까요?

아이들이 깎아놓은 잔디마당이

며칠 새 또 무성해졌습니다.

아이들이 또 올 테지요.

내 사랑들의 웃음소리가

다시 왁자하게 마당을 채우면

감나무에게서

저는 미련을 떨칠 수 있게 될까요.

:
: